JOCONDE,

COMÉDIE

En un Acte & en Profe.

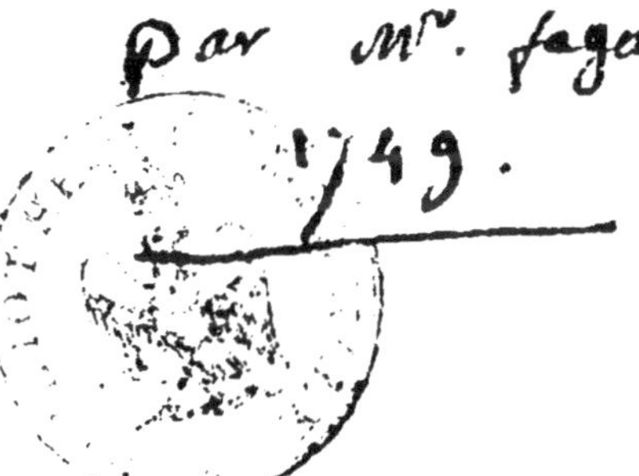

     Q

ACTEURS.

ASTOLPHE, Roi de Lombardie.

JOCONDE.

CLORINDE.

MARCELLE. } Sœurs.

SUSON.

M. MATASIO, Philosophe.

La Scene est dans une Ville d'Italie.

JOCONDE,
COMÉDIE.

SCENE PREMIERE.

ASTOLPHE, JOCONDE.

ASTOLPHE, *d'un air vif & enjoué.*

Ous voici donc, Joconde, dans ce lieu que l'on nous a indiqué? Nous verrons quelles font ces Beautés rebelles.

JOCONDE, *aussi d'un air vif & enjoué*

Je vous avoue, Sire, que je croyois que nous étions affez vengés de l'infidélité dont nous avons foupçonné nos Maîtreffes, fans chercher à faire de nouvelles conquêtes. Les fleurettes que nous avons débitées dans toutes les Villes où nous avons féjourné, ont, ce me femble, affez bien réuffi.

Q ij

ASTOLPHE.

Il est vrai : & je ne goûte pas un médiocre plaisir à me représenter quel doit être à présent l'étonnement de toutes les Belles qui nous ont avoué leur défaite, & qui, sur nos sermens, nous regardoient déjà comme leurs Epoux.

JOCONDE.

Ce plaisir est un peu perfide ; mais je le sens comme vous ; & l'offense que nous croyons avoir essuyée, nous a paru si grave........

ASTOLPHE.

Je conviens que sur de simples soupçons, des Amans moins délicats que nous n'auroient pas pris la chose tant à cœur. Je conviens que parce qu'un autre que moi aura pû plaire un instant, je ne suis pas pour cela trahi : mais mon amour propre en a été blessé ; & pour le guérir, en vérité, Joconde, il a fallu me convaincre qu'une infidélité passagere est un mal trop léger & trop universel pour qu'on doive s'en affliger. Il a fallu me convaincre qu'il n'est point de cœurs, que la fleurette & l'artifice ne puisse distraire un moment de ses résolutions les plus fermes ; & qu'enfin si cette distraction d'un instant est un crime, un Sexe qui a la douceur & les graces en partage, ne ſçauroit s'en défendre, par la coupable étude que les hommes ont faite de la ſéduction.

JOCONDE, *ſouriant.*

Depuis que nous courons le Monde, les exemples ne nous ont pas manqué.

ASTOLPHE.

Non : mais il en faut encore d'autres pour que ma gloire ſoit pleinement ſa-tisfaite.

Après avoir regardé ſi perſonne n'écoute,
& parlant un peu plus bas.

En paſſant pour de ſimples Marchands, nous nous préparons ici quelque choſe de plus flatteur que tout ce qui nous eſt en-core arrivé.

JOCONDE.

Fort bien. Nous voici donc Marchands, & nous donnons dans les plus petites Bourgeoiſes.

ASTOLPHE.

Oui : laiſſons-là la qualité.

JOCONDE

Les Griſettes d'un certain caractere ne font peut-être pas les plus ſottes. Mais pour nous, dont le projet eſt de faire l'amour

pour la gloire, & de donner dans le pur
fentiment, je m'imagine qu'une petite
Bourgeoife rebelle doit être quelque chofe
d'un accès bien rebutant.

ASTOLPHE.

La victoire en fera plus glorieufe.

JOCONDE.

Il feroit fâcheux qu'après tant de faits
éclatans nous vinffions à échouer.

ASTOLPHE.

Va, ne crains rien, Joconde. Je foutiens
à préfent qu'il n'eft point de femmes, que
les larmes, la flatterie & la libéralité, ne
puiffent attendrir. Je te dirai bien plus,
le moindre délai feroit pour nous un des-
honneur. Il faut, pour que notre projet
foit rempli, que ces rebelles fe détermi-
nent à nous accepter pour époux, cela en
un inftant ; je ne donne que trente minutes
fi la plus difficile.

JOCONDE.

Je reprends donc courage. J'ai parlé,
Sire, à l'Hôteffe, ainfi que vous me l'a-
viez ordonné ; elle m'a témoigné qu'elle
eftimeroit fes filles fort heureufes, fi elles
écoutoient nos propofitions ; mais elle m'a
répété plufieurs fois que nos foins feroient

inutiles, que fes filles étoient un prodige
d'infenfibilité.

ASTOLPHE.

Trente minutes.

JOCONDE.

Un autre foin m'embarraffe. Le Livre
de nos Aventures amoureufes, eft, je
crois, rempli ?

ASTOLPHE.

Cela feroit-il poffible ?

JOCONDE.

Il l'eft à peu de chofe près.

ASTOLPHE.

Notre tour de France doit effectivement
l'avoir avancé.

JOCONDE, *va regarder dans le Livre.*

L'Article feul de Paris en remplit les
deux tiers : quelques autres Villes de
France ont auffi des Articles fort hon-
nêtes.

ASTOLPHE.

Eh ! bien.

JOCONDE.

Il ne refte place que pour trois ou
quatre ; encore faudra -t- il écrire extrêmement menu ..... Mais fermons ; j'entends quelqu'un.

SCENE II.

ASTOLPHE, JOCONDE, MARCELLE, *dans l'enfoncement du Théâtre.*

ASTOLPHE.

AH ! ah ! quelle est celle-ci ?

JOCONDE.

Elle paroît assez enjouée.

ASTOLPHE.

C"est sans doute une des Rebelles ? Je vais sçavoir d'elle.....

JOCONDE.

Sire, un moment, s'il vous plaît, dans tout autre cas, le droit de parler le premier vous seroit dû ; mais, selon nos conventions, nous tirerons, je vous prie, au sort.

ASTOLPHE.

Eh ! bien, sans tirer au sort, je serai pour la seconde.

JOCONDE.

Et moi pour la premiere, puifque vous me le permettez.

ASTOLPHE.

Songe à jouer ton perfonnage.

JOCONDE.

Sirê, laiffez-moi faire.

MARCELLE, *s'avançant.*

Oh ! pour le coup, Maman m'a bien fait rire.

(*à Aftolphe & à Joconde, les faluant.*)
C'eft vous je crois, Meffieurs, qui de-mandez à loger ici ?

JOCONDE, *foupirant.*

Oui, Mademoifelle. Comme nous avons entendu dire que cette Ville étoit, de l'Italie, une des plus propres au Com-merce, mon coufin, que vous voyez, & moi, ne ferions pas fâchés de nous y établir.

MARCELLE.

C'eft ce que ma Bonne vient de m'ap-prendre : elle a même ajouté à cela de longs difcours, qui font tout-a-fait plaifans.

Q v

JOCONDE.

Elle vous a donc révélé un secret, qui, sans doute, m'est échappé indiscrettement?

MARCELLE.

Ce secret est que vous êtes dans le dessein de vous marier ici : mais à l'egard de mes sœurs & de moi, je ne sçais pas comment vous aurez pu compter y réussir ; car nous nous sommes assez hautement déclarées ; & on sçait que nous regardons comme de fort-sots personnages & les Maris & les Amans.

JOCONDE.

Votre insensibilité est aussi connue que vos charmes ; mais ne soyez pas surprise, Mademoiselle , que la passion que je ne puis surmonter . . . . . .

MARCELLE.

Quelle passion ?

JOCONDE.

Celle que vous m'inspirez.

MARCELLE.

Quoi! c'est de moi dont il s'agit ? Eh ! mais voilà une passion tout-à-fait singuliere , & rien n'est plus divertissant. Vous

ne m'avez jamais vue ; je ne suis que paffa-
blement jolie : je ne vous ai encore rien
dit que de défobligeant : tout cela ne fait
rien ; vous arrivez, je parois, voilà une
paffion.

J O C O N D E.

Quand je ne vous aurois jamais vue que
d'aujourd'hui, cette paffion n'auroit rien
d'impoffible : mais mon malheur ne com-
mence pas de cet inftant. Depuis un an,
inconnu dans ces lieux, fous mille formes
différentes, je vous vois, je vous fuis par-
tout, j'ai réfifté autant que j'ai pu au penchant funefte.

M A R C E L L E.

Ah ! tâchez de rendre le Roman un peu
plus divertiffant, je vous en prie ; vous avez
un ton langoureux qui me feroit trouver
mal ; car je vous avoue que j'aime à rire.

J O C O N D E.

Ce mot de Roman vous échappe, fans
doute, & je ne puis croire que vous vou-
liez ajouter à mes malheurs.....

M A R C E L L E, *riant.*

Bon ! n'allez-vous pas approfondir un
mot ? Je fuis perdue fi vous me demandez
de la raifon. Ne voyez-vous pas que je ne

fais attention ni à ce que vous me dites,
ni à ce que je vous dis moi-même?

JOCONDE.

Votre enjouement me déconcerte. Je
fens que, pour vous moins déplaire, il
faudroit que je priffe le même ton; & c'eft
ce qu'une tendreffe auffi férieufe que la
mienne ne me permet pas. Je renonce donc
pour jamais à me plaindre, & je me tais
dès ce moment.

MARCELLE.

Adieu. Je veux croire de bonne foi que
vous êtes très-malheureux; mais il faut
que je vous quitte.

JOCONDE.

Attendez, je vous fupplie; une lueur
d'efpérance vient me frapper. Faites-moi
la grace de m'écouter encore un moment.
Si vous me haïffiez, il me refte du moins
la foible confolation de penfer qu'il n'eft
point de Mortel qui ne vous foit indiffé-
rent.

MARCELLE.

Oh! pour cela vous le pouvez penfer.

JOCONDE.

Je fuis riche, &, quoique Marchand,

ma famille eſt honnête. Je penſe à une eſpece de mariage de fantaiſie : je ne doute
point que vous ne l'approuviez , & que
vous ne me permettiez de l'aller propoſer à votre Mere.

M A R C E L L E.

Moi , l'approuver ? Moi , vous permettre de l'aller propoſer à ma Mere ? Mais
vous n'y ſongez pas.

J O C O N D E.

Ecoutez-moi , s'il vous plaît. Comme
mon deſſein eſt uniquement de m'aſſurer
qu'un autre ne vous poſſédera pas , nous
mettrons deux clauſes dans le Contrat.
L'une , que vous ne ſerez point obligée
de m'aimer (celle-là eſt ſouvent ſous-en-
tendue ; mais nous la mettrons expreſſé-
ment.) L'autre , que je n'aurai aucun des
priviléges que donne ordinairement l'au-
torité de Mari. De façon que , contraint
de vivre éloigné de vous de plus de vingt
lieues , s'il me prenoit envie de paroître
ſeulement dans la Ville où vous habiteriez,
le Contrat, dès ce moment, eſt nul ; & notre engagement ne pourra ſubſiſter que par
des raiſons , qui dans les autres aſſez com-
munément le détruiſent.

MARCELLE, *plus ſérieuſement.*

Cela ſeroit aſſez original : mais gardez-vous bien de faire aucune démarche : car vous perdriez votre tems.

ASTOLPHE.

L'accommodement eſt cependant, Mademoiſelle, tout-à-fait raiſonnable.

JOCONDE, *à Aſtolphe.*

Non, Seigneur, non, il n'y a rien à faire.

ASTOLPHE.

Je n'ai rien voulu dire juſqu'à préſent ; mais je ne puis m'empêcher . . . . . .

JOCONDE.

Non, laiſſez-moi mourir. Mademoiſelle eſt de ces perſonnes qui ſont cruelles pour le plaiſir ſeulement de l'être, & contre leur propre intérêt. Car qu'eſt-ce que je demande ? Je veux, détaché de toutes vues baſſes, & rempli d'un amour tout épuré, je veux obtenir un titre pour pouvoir uniquement partager mes richeſſes avec elle. Elle me refuſe. Eh ! bien, mourons donc. Vous ſçavez que ma langueur m'a depuis un an mis vingt fois aux portes du trépas ; & ſi j'ai tenté aujourd'hui un dernier effort . . . . Pourquoi, cher

ami, m'avez-vous tant de fois fecouru?
Ne faut-il pas que mon amour me con-
duife tôt ou tard au tombeau?....Je ne
puis retenir mes larmes.....Je fens la voix
me manquer.

ASTOLPHE, *le foutenant.*

Hélas! rappellez votre courage.

JOCONDE, *appuyé fur Aftolphe.*
   (*à Marcelle.*)

Mon deffein n'étoit pas de vous nuire,
Mademoifelle. Vous pouviez me rendre
heureux, fans qu'il en coûtât rien à la haine
que vous portez fi cruellement à tous les
hommes. Je confentois que vous n'aimaf-
fiez point; mais ne vouloir pas permettre
que l'on achete le droit de vous aimer,
quand on le paye de toutes fes richeffes,
c'eft pouffer la rigueur......

MARCELLE.
Eh! bien, il ne faut pas vous défefpérer.

JOCONDE, *avec vivacité.*

Je propoferai donc ce mariage?

MARCELLE.
A la bonne heure.

JOCONDE.
Et aimer?

MARCELLE.

Cela pourra peut-être venir.

JOCONDE.

Nous ne mettrons donc point la clause?

MARCELLE.

J'y confens.

JOCONDE.

Et les Priviléges?

MARCELLE.

Je ne fçais ce que c'eſt ; mais il ne faut point ſe ſingularifer.

JOCONDE.

Vous me raviſſez ! J'irai donc trouver votre mere?

MARCELLE.

Je vois venir ma ſœur cadette. N'allez pas lui parler de la permiſſion que je vous donne, ni à ma ſœur aînée, ſur-tout, ſi vous la rencontrez. Je puis d'ailleurs faire des réflexions ; ne chantez pas encore victoire.

SCENE III.

ASTOLPHE, JOCONDE.

ASTOLPHE.

EN voici donc une qui se rend ; & je ne crois pas qu'elle se dédise.

JOCONDE.

Il faut avouer, Sire, que le métier que nous faisons, est une vraie friponnerie.

ASTOLPHE.

J'aurai soin qu'en nous vengeant, tout se termine ici d'une façon digne de ce que nous sommes. Celle qui vient est extrêmement belle ; mais elle a un petit air de mauvaise humeur qui est parfait.

JOCONDE.

Sire, la seconde vous regarde.

SCENE IV.

ASTOLPHE, JOCONDE, SUSON.

ASTOLPHE.

Où portez-vous vos pas? & que cherchez-vous ma belle enfant? Jamais rien de si parfait......

SUSON, *d'un ton d'enfant de mauvaise humeur.*

Laissez-moi.

ASTOLPHE,

Permettez qu'en voyant vos attraits......

SUSON.

Laissez-moi là.

ASTOLPHE, *à part.*

Ah! ah! Voilà un ton singulier?

(à Suson.)

Quoi? vous répondez de la sorte à l'empressement que je fais paroître?

SUSON.

Sans doute.

A S T O L P H E.

Il ne fied pas qu'une jolie perfonne,
quand on loue fes charmes, prenne le ton
que vous prenez.

S U S O N.

Tant mieux. C'eft mon plaifir, à moi.

A S T O L P H E, *à Joconde.*

Oh! oh! coufin, vous m'avez laiffé-
là de la befogne!

(*S'approchant de Sufon, & la prenant par la
main.*)

Je vous conjure, au nom des Dieux....

S U S O N.

Eh! bien, voulez - vous bien finir?

A S T O L P H E.

Quoi? vous ne daignerez pas?.....

S U S O N.

Eft-ce qu'on prend comme cela la main
des filles : Dame!

A S T O L P H E.

Oh! affurément, vous m'écouterez.
Je fuis autorifé à vous parler ; & il ne fera
pas dit.....

S U S O N.

Si vous ne finiffiez pas!.......Je vous
dis encore une fois que je n'ai que faire à
vous.

ASTOLPHE.

Vous n'avez que faire à moi? Oh! bien, je fuis bien aife de vous dire que vous y avez à faire plus que vous ne penfez; que j'ai le confentement, l'ordre même de votre mere, & que je viens ici pour vous époufer.

SUSON.

M'époufer? Eh oui! Voyez donc comme il m'époufera!

ASTOLPHE.

Vous le verrez : que cela vous plaife, ou non, je ne vous en épouferai pas moins.

SUSON.

Je vous crois. Eft-ce qu'on époufe comme çà les gens malgré eux ?

ASTOLPHE.

Oui, on les époufe malgré eux.

SUSON.

Et moi, je vous dis que non.

ASTOLPHE.

Et moi, je vous dis que oui.

SUSON, *frappant du pied.*

Et moi, je vous dis que non. Voulez-vous bien ne me pas obftiner donc ?

ASTOLPHE.

Obftinez-vous tant qu'il vous plaira.

SUSON.

S'il ne tenoit qu'à vouloir, il y a plus de fix mois que le fils du Juge le veut : mais tous les beaux difcours qu'il étudie chez lui, & qu'il vient me répéter, ne fervent à rien. Et ma fœur aînée, qui a été mariée, nous a bien fait entendre que le mariage étoit quelque chofe qui ne valoit feulement pas la peine d'y penfer.

ASTOLPHE, *à Joconde.*

Mon coufin, regardez attentivement. Vous fouvenez-vous de cette Duchefſe que nous vîmes, quand nous portâmes nos plus belles Marchandifes à la Cour ?

JOCONDE.

Oui, je m'en fouviens.

ASTOLPHE.

Voilà tous fes traits, tout fon air, fi vous le remarquez.

JOCONDE.

Ceci vaut quelque chofe de mieux encore.

SUSON, *fe rengorgeant un peu.*

Je n'ai que faire que l'on fe moque de moi.

JOCONDE.

Il seroit à souhaiter pour les femmes de Cour, qu'elles eussent cette simplicité, cette naïveté charmante.

ASTOLPHE.

Qu'appellez - vous simplicité ? Il n'y a point ici autant de simplicité que vous l'imaginez. Regardez - moi ces yeux.

(*à Suson.*)

Vous les cachez Ah ! petite friponne !

SUSON.

Je vous épargne de les voir; car ils ne peuvent rien témoigner de bon pour vous.

ASTOLPHE.

Oui-dà ! Il me semble que quand vous voulez vous en donner la peine, vous tournez assez bien ce que vous voulez dire !

SUSON.

Ce que je dis n'est pas tourné avec beaucoup d'esprit.

ASTOLPHE.

Non, assurément. Et vous êtes la bonté même.

SUSON.

Moi? Je suis.....

ASTOLPHE.

Eh! oui, vous dis-je; on peut s'en rap-
porter à vous.

SUSON, *souriant.*

Comment.

ASTOLPHE.

Oui, riez, riez. (*à Joconde.*) Eh! bien,
vous auriez crû d'abord que c'étoit l'ingé-
nuité même, une ignorance entiere du
monde, un esprit peu cultivé. Vous y
faites attention; & vous êtes tout surpris
de trouver de la finesse dans la pensée, &
du tour dans l'expression.

SUSON, *se donnant quelques airs.*

Moi? Point du tout.

JOCONDE, *à Astolphe.*

Dans le dessein où vous êtes de suivre
la Cour, il est fâcheux que Mademoiselle
ait résolu de ne point prendre d'engagement; car elle semble toute faite pour
vivre en ce Pays-là.

ASTOLPHE.

Elle y seroit adorée. Mais enfin cette
autre jeune personne que nous venons de
voir, n'aura peut-être pas la même répu-
gnance; & je compte en faire la demande.

SUSON.

De qui ? De ma sœur Marcelle ?

ASTOLPHE.

Oui. Je ne crois pas qu'elle refuse l'oc-
cafion de s'établir daus un féjour, où ré-
gnent les plaifirs les plus délicats, où les
bons airs fe répandent jufques fur les femmes les plus fubalternes. Quand, après
quelque tems, elle voudra bien venir vous
voir, vous trouverez dans fon langage,
& dans les façons de fe mettre, des graces
qui vous défefpéreront.

SUSON.

Ma fœur n'eft point faite pour cela.

ASTOLPHE.

J'efpére qu'elle y fera bientôt formée.

SUSON.

Je vous dis que jamais ma fœur n'attra-
pera ces façons-là dont vous parlez.

ASTOLPHE.

Cependant mon parti eft pris. Adieu.

SUSON.

Ecoutez donc, fi vous voulez.

ASTOLPHE.

Non. (*La contrefaifant.*) Laiffez-moi.

SUSON.

SUSON.

Vous vous trompez.

ASTOLPHE, *la contrefaisant.*

Tant mieux. C'est mon plaisir à moi.

SUSON, *pleurant.*

Pardi ! C'est fort joli assurément, de se moquer comme vous faites.

JOCONDE, *à Astolphe.*

Vous avez d'abord penché pour Mademoiselle ; il y auroit de l'injustice à songer à une autre, pour peu qu'elle acceptât vos propositions.

ASTOLPHE.

Quoi ! J'oublierois le mauvais traitement , que d'abord Mademoiselle m'a fait essuyer !

SUSON, *avec impatience.*

Quel est donc ce mauvais traitement ? Je ne vous ai d'abord pas voulu écouter, parce que je n'écoute pas ordinairement les hommes. Si je ne les écoute pas, c'est qu'ils ne m'ont jamais dit de certaines raisons. Vous me les dites, vous, & je vous écoute : ainsi vous voyez bien que vous devez m'aller demander à ma mere.

Tome I. R

ASTOLPHE.

Allons donc; nous verrons dans quelques jours.

SUSON.

Quoi! Ce n'eſt pas aujourd'hui.

ASTOLPHE.

Non. J'ai encore quelques arrangemens à prendre.

SUSON.

Vous étiez d'abord ſi preſſant! Cela eſt impatientant.

ASTOLPHE.

Je puis, après tout, y aller dans le jour.

SUSON.

Tout-à-l'heure, croyez-moi; car on dit que les hommes, d'un moment à l'autre, changent de réſolution.

ASTOLPHE.

Rien ne m'en fera changer.

SUSON.

Je vois venir ma Sœur aînée. Je tremble de vous laiſſer avec elle.

ASTOLPHE.

Ne craignez rien.

SUSON, *montrant une petite joie d'enfant.*

Ah! Dame, pour le coup, quand j'irai à la Cour, cela fera bien endéver mes Sœurs.

ASTOLPHE.

Comptez fur ma parole.

SUSON, *s'en allant.*

Adieu donc, Monfieur. (*Elle s'arrête.*) A tantôt.

ASTOLPHE.

Ne doutez pas de ma fincérité.

SCENE V.

ASTOLPHE, JOCONDE.

JOCONDE.

VOilà deux nouveaux articles, dont il faut aller faire mention fur le Livre.

ASTOLPHE.

Tu pourrois tout de fuite faire mention du troifiéme.

JOCONDE, *écrivant.*

Parbleu, je crois que je ferois auſſi-bien. Cependant, Sire, je ne ſçais pas trop ce qui en arrivera. Cette ſœur aînée a, dit-on, plus d'eſprit que les deux autres.

ASTOLPHE.

Tu te moques! L'eſprit a-t-il jamais garanti le cœur.

JOCONDE.

Elle eſt d'ailleurs accompagnée d'une eſpece de Philoſophe, qui a ſur elle un empire abſolu.

ASTOLPHE.

C'eſt une foibleſſe dont il faut que nous ſçachions profiter.

JOCONDE.

Enfin, au lieu d'une, cela fait deux perſonnes à vaincre.

ASTOLPHE.

Il eſt vrai que cela rend la choſe plus difficile; mais ne doutons point de la victoire.

SCENE VI.

ASTOLPHE, JOCONDE, CLORINDE, MATASIO.

CLORINDE.

Vous êtes le flambeau qui pouvez seul me conduire, mon cher Matasio. Vous passez pour regler mes sentimens ainsi qu'il vous plaît : je ne m'en défends point.

MATASIO.

Croyez que votre bien, Madame, est tout ce que je cherche.

CLORINDE.

Que je suis satisfaite de vos doctes leçons ! & qu'il est bien vrai que l'étude du beau, du grand, du sublime, éteint dans les cœurs les desirs bas & matériels que nous inspire l'amour !

MATASIO.

Oui, je vous le disois, Madame, on rapporte que Zénon ne donna qu'une fois en sa vie le bon jour à sa femme ; encore

étoit-ce pour ne point marquer trop d'im-
politesse.

ASTOLPHE, *à Clorinde.*

Ce détachement que vous faites paroître, ces yeux baissés, cet extérieur auste-
re, sont d'un triste présage pour deux
Amans que vous avez également touchés.

JOCONDE.

Nous sommes également épris.

ASTOLPHE.

Le respect dont notre amour est accom-
pagné, nous réunit quoique rivaux.

JOCONDE.

Si l'un de nous étoit assez heureux pour
être choisi, l'autre entendroit prononcer
son arrêt sans murmurer.

ASTOLPHE.

Laissez-vous fléchir.

JOCONDE.

Daignez nous apprendre notre sort.

MATASIO, *à Clorinde.*

Voilà qui est singulier!

CLORINDE, *à Matasio.*

Laissez-vous fléchir! Monsieur Matasio,
qu'en dites-vous?

MATASIO, *à Astolphe & à Joconde.*

Quelle témérité! Sçavez-vous bien à qui
vous vous adressez?

CLORINDE.

Ces déclarations me plaifent fort !

ASTOLPHE.

Nous n'avons pas cru vous offenfer.

JOCONDE.

Nous avons crû devoir rifquer cet aveu.

MATASIO, *à Aftolphe.*

Des déclarations ! Je ne fçais où j'en fuis.
Apprenez de moi . . . . .

ASTOLPHE.

Oui , Monfieur.

MATASIO.

Apprenez que ce feroit époufer la Philofophie même que d'époufer Madame.
Ce qui affurément feroit abfurde à imagi-
ner.

ASTOLPHE.

Il eft vrai.

JOCONDE.

Il faut en convenir.

CLORINDE.

Je n'ai jamais pu concevoir ce que l'on dit
de ces paffions amoureufes qui captivent
les hommes. Je fçai que pour le bien de la
fociété on peut fe réfoudre à recevoir un
Epoux : mais que l'ame dans ces forte
d'engagemens foit affectée ; c'eft ce qui
me paffe.

MATASIO.

Cela me passe aussi.

ASTOLPHE.

Et moi je soutiens que, quand l'amour est pur & sincere, il est impossible de s'en défendre.

CLORINDE.

Impossible de s'en défendre ! Allons, Monsieur Matasio, en voilà assez ; retirons-nous.

MATASIO.

On ne sçauroit entendre de semblables paradoxes sans se sentir échauffer la bile. Allons, Madame.

ASTOLPHE, *la retenant.*

Oui, je vous soutiens qu'il est impossible de se défendre d'un amour pur & sincere. Et c'est une matiere qui après tout, Madame, mériteroit bien de votre part d'être approfondie philosophiquement.

JOCONDE.

Vous éprouveriez, Madame, en examinant cette thèse, que les sens & l'ame sont si intimement liés, que l'ame à beau vouloir s'élever, elle ne peut être libre ; & que tout ce qu'elle peut faire, est de gémir de sa captivité.

MATASIO.

Laiſſez, laiſſez, Madame, des gens qui parlent ſans principes.

CLORINDE.

Quoi ! Vous voudriez me prouver que le rapport eſt ſi immédiat ? . . . . .

ASTOLPHE, *vivement.*

Oui, Madame. Je ſuis à vos pieds ; je vous déclare que mon reſpect m'a retenu long-tems dans un rigoureux ſilence ; mais que la violence de mon amour ne me permet plus de me taire. Je vous avoue que je vous aime, & que je ſuis dans la réſolution de vous adorer éternellement. . . . . . . Eh ! bien ? Cela ne fait-il aucun effet ſur vous ?

CLORINDE.

Aucun.

MATASIO.

Ni ſur moi.

ASTOLPHE.

Je ne me rebuterai point. Il n'y aura point de reſſource que je n'employe pour vous attendrir. Je deviendrai galant & magnifique. Voici, par exemple, un Diamant. . . . . . . (Laiſſez-moi ſuivre ma démonſtration ; & prêtez-vous à tout ceci, je vous en conjure.) Voici un Diamant d'un prix confidérable. Imaginez-vous que je l'ai laiſſé ſur votre toilette, ſans que vous vous en ſoyez apperçue. Vous l'eſſayez; & quoique vous ſoyez dans le deſſein de faire d'exactes recherches pour le rendre, vous le recevez en attendant.

CLORINDE, *en recevant la Bague.*

Je le reçois.

ASTOLPHE.

Oui.

MATASIO.

Badinage !

ASTOLPHE.

Ce n'eſt pas tout. Je ſçais que vous avez auprès de vous un homme de Lettres, qui eſt votre conſeil, votre ami, mal-aiſé dans ſes affaires, comme la plûpart le ſont : je lui dis, Monſieur, ma flamme eſt honnéte, le mariage eſt mon objet, votre honneur ne ſera pas bleſſé en me ſervant : déterminez l'aimable Clorinde, déterminez celle que j'adore : je vous promets mille ducats, ſi l'affaire réuſſit; & voici d'avance une Tabatiere extrême- ment riche que je vous prie d'accepter.

(*à Matasio.*)

Acceptez, je vous prie, Monſieur.

MATASIO, *prenant la Tabatiere, & la regardant.*

Oui, oui. Spéculation que tout cela!

ASTOLPHE, *à Clorinde.*

Laiſſez-moi continuer. On vous parle en ma faveur. Je reviens devant vous plus humble, plus modeſte que jamais. Je m'adreſſe à vous: ah! Cruelle Clorinde, ne ſçaurai-je point ſi ma préſence vous plaît ou vous importune? Je cherche les occaſions de vous voir; mais ce n'eſt qu'en tremblant que je me préſente devant vous. Hélas! Daignez me raſſurer: dites-moi que vous me permettez quelque aſſiduité: dites-moi, je vous en conjure, que mes viſites ne vous offenſeront point. Sentez-vous qu'après tant de ſoumiſſion & de tendreſſe vous auriez bien de la peine à me refuſer une permiſſion auſſi innocente, & que l'ame voudroit en vain s'y oppoſer?

CLORINDE.

Je ſens ..... Je ſens qu'un autre auroit quelque peine.

ASTOLPHE.

Ah! Vous me permettriez de vous voir! Ma joie ne pourroit alors s'exprimer. Rien ne ſeroit plus vif, plus gai,

plus empressé que je le serois. S'agiroit-il
d'une fête, d'un spectacle; s'agiroit-il de
vous rendre un service important, ou à
ceux qui vous appartiennent; tout cela
s'exécuteroit en un moment. Assurément,
mes soins, ma constance, mon respect,
vous toucheroient : vous penseriez que
vous n'auriez point de meilleur ami que
moi. Vous diriez, en songeant à moi:
» Je possède son cœur tout entier. hélas!
» ne doit-il pas compter sur le mien? Il
» me parle de mariage, à la vérité, cela
» est gênant; il est difficile de s'y résou-
» dre : mais deux amis ne se doivent-ils
» pas tout réciproquement? Et puisque
» le mariage est ce qu'il peut attendre de
» moi, ne seroit-ce pas manquer à l'ami-
» tié que de m'éloigner de ce que je puis
» honnêtement faire pour lui? » (*Vivement.*) Après que vous auriez réfléchi de
la sorte, je me présenterois devant vous:
vous me permettriez d'espérer.

CLORINDE.

Vous allez, ce me semble, un peu vîte
sur cet article.

ASTOLPHE.

Non, non, Madame, j'espérerois. C'est
alors que je deviendrois jaloux. Eh! quoi!

Madame, vous dirois-je, quel eſt cet homme qui étoit hier chez vous ? Si je ne me trompe, il vous a parlé ſecrettement : vous l'avez regardé avec plaiſir ! Eſt-il une douleur pareille à la mienne ? Ah ! Cruelle Clorinde, eſt-ce là le traitement que j'ai mérité ? Je ſuis perdu : je me meurs.

(*Très-tendrement.*)

Je voulois vivre pour vous....Sentez-vous.la gradation ?

C L O R I N D E.

Eh ! Mais......J'examine.....Eh ! bien ? Après ?

A S T O L P H E.

Après ? Vous tâcheriez de me raſſurer ; &.... mais pour examiner mieux & ſentir par vous-même, tranſportez votre imagination au degré où elle doit être, & dites-moi ce qu'on ne peut pas ſe diſpenſer de dire en pareil cas.

C L O R I N D E.

Eh ! Mais..... Je dirois..... Vous vous allarmez, Monſieur, mal-à-propos.

A S T O L P H E.

Fort bien.

C L O R I N D E.

Cet homme qui vous inquiette, ne peut

point prétendre à mon cœur, puisqu'a-
vant lui vous avez sçu vous en rendre
digne.

ASTOLPHE.

Voilà ce que c'est.

CLORINDE.

Je ne vous aurois pas permis d'espérer,
si je n'avois pas eu pour vous des sentimens sinceres.

ASTOLPHE.

On ne peut pas mieux.

CLORINDE.

Je vous distingue des autres hommes ;
soyez plus tranquille.

ASTOLPHE.

A merveille. Je vous interromprois
alors ; je prendrois votre main respectueu-
sement, mais vivement pourtant ; & je la
baiserois cent fois.

(*Il lui baise la main.*) *Clorinde laissant*
baiser sa main, Joconde va écrire.)

Nous voilà raccommodés, comme vous
voyez. Convenez que dans ce moment
vous seriez attendrie

CLORINDE.

Oui ; mais ce n'est qu'une fiction.

ASTOLPHE, *posément.*

Il faut avouer, Madame, qu'en examinant la chofe philofophiquement, il y a une poffibilité naturelle à s'attendrir pour quelqu'un qui nous aime. Mais ceci ne tire à aucune conféquence à votre égard. Quoique ce foient mes propres fentimens que j'aye tâché de vous exprimer, je fçais ce que je dois penfer ; & je me retire fans aucune efpérance.

SCENE VII.

CLORINDE, MATASIO.

CLORINDE.

JE refte interdite. A peine m'a-t-il donné le tems de lui répondre. Mille idées confufes..... Mais, Monfieur, je pen[f]e à une chofe : nous ne leur avons pas rendu la Bague & la Tabatiere. Il faut les leur reporter au plus vîte, & courir après eux.

MATASIO.

Les reporter ? Ma foi, je crois que vous ferez bien d'oublier tout cela.

CLORINDE.

Que dites-vous ? Je ne pourrois accepter de pareilles chofes que dans le cas où j'écouterois des propofitions de mariage, & c'eft ce qui aſſurément ne me convient pas. Ainſi, Monſieur, reportez-les promptement.

MATASIO.

Il n'a cependant pas trop mal défendu ſa théſe.

CLORINDE.

Qu'en voulez-vous conclure?

MATASIO.

Que ſçais-je?

CLORINDE, *ſoupirant.*

Croyez-vous que dans ſes difcours il ſoit ſincere?

MATASIO.

Si dans ſes promeſſes il l'étoit, cela mériteroit attention.

CLORINDE.

Il faudroit donc, en ce cas, lui dire de ma part que je trouve ſes façons de raiſonner aſſez juſtes.

MATASIO.

Je vais bientôt voir quel homme ce peut être. S'il entre avec moi dans de certaines explications, vous pouvez compter que c'eft une affaire fur laquelle vous ne devez pas balancer un moment.

SCENE VIII.

CLORINDE, *seule.*

CE que décide un homme aussi integre & aussi éclairé que Monsieur Matasio, est une loi pour moi. D'ailleurs, il faut en convenir, l'hommage de cet inconnu ne m'a point déplu, & je suis convaincue avec plaisir qu'il n'est pas possible à la morale d'étouffer un penchant trop naturel.

SCENE IX.

CLORINDE, MARCELLE,
entrant d'un côté du Théâtre, en rêvant.
SUSON, *entrant de l'autre côté,*
en rêvant aussi.

MARCELLE.

L'Heure se passe, & je n'entends point parler de lui?

SUSON.

Qu'est-il devenu? Est-ce donc qu'il voudroit attendre encore quelques jours ?

CLORINDE.

Venez, mes sœurs, venez. J'adopte un
fyftême que vous m'avez vue long-tems
combattre. Je vais me marier. Oui, j'époufe un homme verfé dans la Philofophie.

MARCELLE.

Vous nous furprenez agréablement, ma
fœur. Quel eft donc cet homme verfé
dans la Philofophie ?

CLORINDE.

Un de ces nouveaux hôtes que vous
avez pu voir ici.

MARCELLE.

Un de ces nouveaux hôtes ? Je puis
donc vous dire librement, ma fœur, que
fi l'un vous époufe, l'autre doit auffi me
demander en mariage.

SUSON.

L'autre ? Tout beau, s'il vous plaît. Il
y en a un qui doit fûrement aller trouver
ma mere pour moi.

MARCELLE.

Que veux donc dire Sufon ?

SUSON.

Eh dame ! Il faut bien que vous, ma
fœur Marcelle, ou vous, ma fœur Clo-

rinde, vous vous trompiez. Ils ne font que deux ; & nous fommes trois. Le compte comme cela ne peut pas y être.

MARCELLE.

Tu rêves, ma pauvre enfant.

CLORINDE.

On s'eft moqué d'elle.

SUSON.

Oh ! pour cela non. Il m'a bien promis de me tenir parole.

MARCELLE.

Ah ! ah ! quel eft donc ce gros Livre que j'apperçois fur cette table ?

CLORINDE.

Un Livre de Philofophie, fans doute, que mon futur Epoux aura laiffé-là.

MARCELLE.

Je ferai bien aife de voir ce que c'eft que la Philofophie. Ah ! ah ! (*Lifant.*) Journal de nos Conquêtes amoureuſes, où fe trouve la lifte des femmes que nous avons trompées.

SUSON.

Comment ?

CLORINDE.

Qu'eft-ce que cela fignifie ?

MARCELLE, *riant.*

Voilà pour des Marchands un Livre affez fingulier !

CLORINDE.

Voyons donc. (*Lisant*) *Le cinq Mai, sur les frontieres de France, une Belle, qui depuis deux ans résistoit aux jolies phrases d'un Abbé, & aux insultes élégantes d'un Petit-Maître de Robbe, avoua sur les six heures du soir qu'elle n'étoit point insensible.*

MARCELLE, lisant.

Le lendemain une Blonde mourante, dont la froideur désespéroit les plus hardis, sentit le trouble s'emparer de son cœur, sans qu'elle sçût comment la chose s'étoit faite.

Le jour suivant . . . . . . Mais jusqu'où cela va-t-il donc ?

(*elle tourne le feuillet.*)

SUSON.

Que veut donc dire ce Journal-là ?

MARCELLE.

Que vois-je ?

SUSON.

Eh ! comment, j'apperçois mon nom ?

MARCELLE, lisant.

Le seize, Marcelle fut trompée par de feintes larmes.

SUSON, lisant.

Le même jour, Suson fut adoucie en lui promettant de la mener à la Cour.

CLORINDE, *lifant.*

L'auftérité de Clorinde fut vaincue , moyen-
nant mille ducats promis à Monfieur Matafio
fon confeil. Moyennant mille ducats !

MARCELLE.

De feintes larmes !

SUSON.

Parce qu'on m'a promis de me mener
à la Cour !

(Elles s'avancent toutes trois fur le bord du
Théâtre.

CLORINDE, *d'un air courroucé.*

Cela eft outrageant !

MARCELLE, *d'un air riant.*

Cela eft plaifant !

SUSON, *en pleurant.*

Ça eft bien ridicule !

(Elles reftent toutes trois un moment fans
parler , dans l'attitude que leur four-
niffent leurs caracteres qui contraftent
entr'eux.

SCENE X, & derniere.

ASTOLPHE, JOCONDE, CLORINDE, MARCELLE, SUSON.

CLORINDE.

MAis qu'eſt-ce ? Je crois que les traîtres oſent encore reparoître ici ?

MARCELLE.

Il faut avoir main-forte, ma ſœur ; je ſuis d'avis qu'on les faſſe arrêter.

SUSON, *montrant Aſtolphe.*

Voilà juſtement le mien.

ASTOLPHE, *à Joconde.*

Voici donc notre courſe achevée !

JOCONDE.

Allons rejoindre les Beautés que nous avions abandonnées ; ſi elles ont été ſenſibles à la fleurette , nous avons eu la conſolation de voir qu'elles n'étoient pas les ſeules dans le monde.

CLORINDE.

J'ai par une longue étude appris à modérer ma colere. Mais parlez , perfides ; quel a été votre deſſein ?

ASTOLPHE.

De vous rendre heureuſes , en nous divertiſſant ; de nous venger ſur le ſexe même, de certain outrage que nous croyons en avoir reçu; & de vous faire revenir en même-tems de l'indifférence qu'un Pédant vous inspiroit par des vues d'intérêt, & que vous aviez l'art d'inspirer à vos sœurs.

CLORINDE.

Et de quel droit? ...

ASTOLPHE.

Par un droit que vous ne pourrez me contester quand vous me connoîtrez.... Vous avez chacune un amant, qui, entre plusieurs autres, se sont distingués par leur persévérance. Couronnez leurs feux : je vous y engage, & si ce n'est assez, je vous l'ordonne. Reconnoissez le Roi de Lombardie.

CLORINDE.

Sire.....

MARCELLE.

J'ai peine à croire ce que j'entends.

SUSON, *à part.*

Lui, Roi? J'aurois bien mieux aimé qu'il n'eût été que Marchand.

JOCONDE.

Convenez que c'eût été un meurtre que de vous condamner toutes trois à un auftere célibat.

ASTOLPHE.

Je compte que vous me sçaurez gré de vous avoir fait abandonner une aussi triste résolution. Vos Amans seront enchantés

de trouver en vous de nouveaux ſentimens.
Nous le ſommes nous, d'avoir rempli le
projet que nous avions en tête. Ainſi je
n'enviſage ici de tous côtés que des ſujets
de joie. Prenez donc part de bonne-grace
à un divertiſſement que vos Amans ont
fait préparer.

MARCELLE.

Ce n'eſt pas le plus mauvais parti que
nous puiſſions ſuivre.

SUSON, *à Clorinde.*

Vous voudrez donc bien à préſent, **ma**
ſœur, que le fils du Juge m'épouſe ?

CLORINDE.

Le Roi l'ordonne.

ASTOLPHE.

Oui, je le veux ainſi.

SUSON, *faiſant la révérence à Aſtolphe.*

Je vous remercie, Monſieur.

ASTOLPHE

Cet ordre regarde auſſi & Clorinde &
Marcelle.

CLORINDE.

Il ne me reſte qu'une choſe à dire.
Nous ſommes femmes, Sire, & vous nous
avez trompées !

JOCONDE.

Ah ! Conſolez-vous, croyez-moi ; & ne
ſongeons qu'à nous divertir.

FIN.

LE MUSULMAN.

www.ingramcontent.com/pod-product-compliance
Lightning Source LLC
LaVergne TN
LVHW022348170726
843503LV00008B/3611